생의 후면을 겉도는 삽입곡처럼

생의 후면을 걷도는 삽입곡처럼
박정수 시집

발행일
초판 1쇄   2025년 12월 30일

지은이   ● 박정수
펴낸이   ● 김종해
펴낸곳   ● 문학세계사
출판등록   ● 1979. 5. 16. 제21-108호

주소   ● 서울시 마포구 신수로 59-1(04087)
대표전화   ● 02-702-1800
팩스   ● 02-702-0084
이메일   ● munse_books@naver.com
홈페이지   ● www.msp21.co.kr

ISBN 979-11-93001-88-2   (03810)

* 이 책은 경상남도, (재)경남문화예술진흥원의 문화예술 지원을 보
조받아 발간되었습니다.

생의 후면을 겉도는 삽입곡처럼

박정수 시집

문학세계사

자고 일어나 깨어보니
창세기 이후의 저녁 무렵이었다.

아날로그 시대가 저물고
금속성 이빨을 가진 디지털 괴물들이
거리를 뒤지고 있었다.

물속에 잠긴 세상이
혼돈의 강물 속으로 흘러들어와
눈길이 맞닿은 곳에
오래된 믿음 하나를 세워 놓았다.

지나간 몰락과 처음의 시작이었다.

누군가 흰 지팡이를 들고 방주에
홀로 서 있었다.

2025년 가을의 어느 날
박정수

□차례

1부 누구도 첫 발자국 지우지 않는다

2부 시장기로 떠돌던 날의 고백

3부 탈부착이 가능한 생애의 옷 한 벌

4부 발아된 희망은 어둠 속 꽃을 피우고

1부

누구도 첫 발자국
지우지 않는다

디지털뷰 속으로 내리는 눈

아침에 일어나 액정 세상 펼친다
지하철 입구로 몰려드는 낙타 행렬
하루를 되새김하는 동영상에 묻힌다

영혼 없는 강가로 유인되는 슬픈 삶
아무런 감정 없이 눈 뜨는 가장의 아픔
어둠의 경계 너머로 저녁달이 떠오른다

해체된 문장으로 돌아오는 귀갓길
외로운 도시 불빛 커서로 반짝일 때
회색빛 저문 하늘가 쏟아지는 눈발들

실시간 인터넷 숲 검색의 창가에는
상처 입은 댓글이 휴지통에 뒹굴고
미충전 메시지 속에 셔터문이 닫힌다

고로쇠 눈물

눈물을 빈 봉지로 받고 섰는 나무들

옆구리 구멍 뚫린 퍽퍽한 틈새로

농축된 사골뼈 우린 울음들이 나온다

봄물이 들기 전에 머금었던 울분을

통증을 참아가며 쏟아내는 수술실

링거 줄 온몸에 감고 현기증을 참는다

하루하루 피 말리는 속도전 연명하며

선 채로 정량을 뽑아내는 저 냉혈한

온종일 탈진한 모습 하늘마저 노랗다

아웃포커스
—신신예식장*

정작 그 사람은 사진 속에 없었다

들여다본 피사체에 붐비는 타인들

오로지 단 한 장뿐인 추억에 매달린다

입가에 단정하게 걸리는 함박웃음

마음 깊이 각인될 천금 같은 서약을

한순간 셔터를 눌러 봉인하여 가둔다

흐릿한 세상 밖에 꽃으로 앉은 영정

환하게 웃고 있는 마지막 그 미소가

다시는 볼 수가 없는 배경으로 남았다

* 故 백낙삼 대표가 55년간 15,000쌍을 무료로 결혼시킨 예식장

카톡 사랑

만남도 이별도 누군가에 의탁하는
낯 붉혀 밀당할 아무런 이유도 없이
무정한 마음을 빌린 세상 참 편하다

밤새워 그리움에 절절했던 목마름도
썼다 지우며 애틋함을 품었던 사연도
이제는 손가락으로 무덤덤히 전한다

편의점 상품처럼 흔해 빠진 카톡 사랑
언제든 어디서든 메신저에 기대어
한순간 고민도 없이 울어대는 카톡새

이별마저 문자로 퉁치며 날려버리는
쉽게 만났다 헤어지는 일회용 연애
읽씹*고 버린 고백은 쓰레기통 뒹군다

* 읽씹: 읽고 무시함을 뜻하는 SNS 통용어

무렵

힘겨운 고비마다 찾아온 시린 감동

맨 처음 마주했던 두려운 서막의 장

시작은 혼돈 속에서 장막을 걷어낸다

뒤안길 돌아보면 홀로 선 귀로에서

빈 마음 지키려고 다가선 모퉁이에

초롱한 눈가에 맺혀 반짝이던 눈동자

누구도 첫 발자국 지우지 않는다

움푹 팬 자리마다 차오른 반듯한 꿈

평생을 이끌고 나갈 하나뿐인 순간을

원대리 자작나무 숲에서

이곳에 와서야 파지 된 원고를 보았다
깊은 속 거둬들여 감추지를 못하고
수피로 마른 목숨을 떨궈내는 탈고를

시 한 편 쓰기 위해 헤매었던 날들이
쉽게 쓰인 맹물 같은 넋두리를 읽으며
얼마나 치열했는지 돌아보니 부끄럽다

선 채로 얼어붙은 제 살점 벗겨내어
지독한 번민으로 달궈진 고통을 딛고
스스로 껍질을 태워 구워낸 바삭한 문장

한겨울 자작나무로 서본 사람은 안다
하얗게 타오른 불면의 밤을 지새워야만
비로소 마음을 울린 시가 될 수 있음을

종이컵

그곳에 맑은 여백 한 자락 놓았습니다

끝끝내 뱉지 못한 고백을 담아 두면

다시는 볼 수 없다는 두려움 때문입니다

텅 빈 공허 속에 기다림을 담는 이유는

채워야 할 그 순간 어긋나는 일인지라

비우면 허망해지는 상실감 때문입니다

언젠가 단 한 번 용도로 버려지겠지만

한 사람을 오랫동안 기억한 눈빛만은

오롯이 타는 가슴에 안고 싶은 까닭입니다

꿈꾸는 인연
―함안 무진정 낙화놀이

온몸을 불사르며 떨어지는 꽃잎은

무심코 붙잡았던 인연줄을 놓쳐버린

소진된 목숨이 아닌
차가운 눈물이다

허공을 비상하나 바닥으로 추락하여
끝내 지우지 못할 흔적으로 살아가는
화려한 군무를 위한
또 다른 몸짓이다

모두 다 태운 자리 아직도 식지 않은

화인처럼 남아있는 저 뜨거운 몸부림

구석져 어둑해진 곳
삭은 불씨 재운다

너튜브

검은 유리문을 밀고 안으로 들어선다

흐린 촉수 불빛 아래 발광의 눈길 쫓아

스스로 독방에 갇혀 지탱하는 긴 하루

상자 속 갇혀있는 사연을 뒤적이며

거울 너머 낯선 얼굴 생생히 들여보다

격자형 보금자리에 빠져들어 잠든다

평생을 눈에 비친 세상만 믿고 살아

아무리 흔들어도 미동조차 않던 사람

온종일 탐색등 켜고 사냥꾼이 되었다

바람의 기억
—홀로 있는 나무*

파노라마 화면 속 붙박인 낯선 풍경
굴절된 세상 밖 우두커니 홀로 선
앙상한 가지를 펼친 나무를 보았다
오로지 평원 향해 조리개 열어둔 채
갓 피운 생명마다 흩어진 숨결 모아
메마른 동공을 적신 순간들을 담았다
중산간 너른 벌판 애태운 가슴앓이
검게 턴 그리움을 아스라이 펼치며
구릉지 빈 바람으로 머물렀던 두모악
천상의 속삭임에 가만히 귀를 열고
말없이 피고 지는 들꽃의 향연 속에
둥그런 능선을 품은 오름을 꿈꿨던가
아득히 먼 굽잇길을 휘돌아 머무른 곳
흐릿한 기억 한 줌 바람결 흩뿌리며
저물녘 지평선 아래 피사체로 서있다

* 서귀포 김영갑 갤러리 두모악에 전시된 작품

높이뛰기
—스마일 점퍼에게

저 높이 걸린 장대 어떻게 뛰어넘어

다가서 바라보면 아득한 삶의 층계

한고비 넘어서야 할 지향점을 향한다

한 단씩 오를수록 커가는 기대감에

층층이 가로막힌 장애물 바라보며

무너진 바닥을 딛고 달려가는 뒷모습

그 언제 설정된 나의 구도 실현될까

눈앞에 펼쳐졌다 가뭇없이 사라지는

허공에 출렁거리는 가깝고도 먼 거리

지하철 7호선 파도를 타고

무거운 등을 접어 파도를 기다린다
궁굴리듯 다가와 먼바다로 쓸려가듯
지하철 승강장에서 지친 몸을 싣는다

익숙한 습관으로 끼어든 문 틈새로
따라온 발목들이 고스란히 물리고
저마다 캡슐에 담겨 빈 항구를 떠난다

막다른 행선지로 굽이치는 너울 너머
판박이 얼굴들이 수면 위로 스쳐가고
자꾸만 내려야 할 곳 망각하는 사람들

아득히 닿아야 할 머나먼 귀로에서
노선을 되돌아 깜빡이는 불빛 한 점
기항지 도심 속으로 명멸하듯 떠간다

그러데이션
—일몰

서서히 내 안으로 흘러 들어가기를

파문을 일으키며 가까이 다가와서

온전히 너로 인하여 지친 삶이 빛나기를

따뜻한 보색으로 번져가는 석양 무렵

점점이 스며든 그리움의 입자 사이로

무채색 갇힌 섬들이 황홀하게 빛난다

몰입의 초입에서 몸을 섞는 빛깔들

어둠의 그림자를 지우는 몸부림으로

혼곤히 젖은 하루의 혈관마저 뜨겁다

레이저 시술

번쩍번쩍 마른 불빛 낯설음을 태운다
가리지 못한 세상 드러내 사는 동안
초면에 떡 붙어 피운 여러해살이 기생초

여기저기 떠돌며 홀씨로 날리다가
어쩌다 정 붙어 징글맞게 살면서도
무색한 위기의 순간 가려준 적 많았다

가끔씩 만만찮은 상대를 대할 때면
매서운 눈빛으로 밀리지 않으려고
근엄한 표정을 띠며 무심한 꽃 피웠지

쇠털같이 허구한 날 얼굴 붉혀 살았는데
지워진 흔적마다 아롱져 맺힌 그늘
미운 정 고운 정 들어 등딱지로 앉았네

콘센트

누군가 은밀하게 접속을 기다린다

온몸을 열어놓고 화병이 많은 사람

속 깊은 사랑을 나눌 기회만을 엿본다

저절로 닫힌 마음 상처로 남겨두고

음극과 양극으로 비밀문 잠근 채로

벽면에 홀로 기대어 인기척을 느낀다

저만치 버둥대다 눌러앉은 구석자리

차갑게 식어가는 찬밥 덩이 눈치들

감전된 손목을 타고 전율되어 흐른다

흑룡만리*
—제주 밭담

아버지 숭숭 뚫린 가슴속 들여다보면
폭풍우 스쳐 지난 바람의 길이 보이고
밤새워 잠들지 못한 젖은 꿈이 비친다

검게 탄 속내 깊이 감춰둔 삭은 아픔
온몸에 멍울진 자국마다 부풀어 올라
구불텅 돌담에 기대어 울이 된 사람들

성글고 모난 세상 부대껴 떠돌다가
부딪혀 깨어지며 걸어 나온 생의 길목
조각난 여린 꿈들이 푸석푸석 밟힌다

파릇한 섬초처럼 모진 풍파 견딘 삶
서로 어깨 기울여 막힌 숨결 터주며
들머리 출렁거리는 이정표로 서 있다

* 검은 현무암을 쌓은 모습이 흑룡 같아 붙여진 이름

격렬비열도
—젖은 날개로 비상을 꿈꾸는 섬

치열하게 살아온 사람들은 깨닫는다

부딪혀 깨어지고 아파하며 떠돌다가

어떻게 대형을 갖춰 비상해야 하는지

칼날 같은 바위틈에 깃들어 사는 새는

한 곳을 바라보며 깜빡이는 불빛처럼

새파란 부리를 묻고 바람에 순응한다

어쩌다 세상 떠밀려 무인도 닿았다면

품속에 갇혀있는 젖은 날개 퍼덕이며

최서단 물길 거슬러 솟구친 새를 보라

풍경으로 읽는 시
—붕어빵 노점상

붕어빵 속에는 숨 쉬는 붕어는 없다
가슴이 답답해서 세상 밖 나와 앉아
물 좋던 그때 그 시절 그리움에 젖는다

뒤집어 꺼낸 자리 차오른 눈물 자국
엉겨 붙은 반죽들이 부풀어 굳어갈 때
희멀건 초점 사이로 멀어지는 저녁달

돌아갈 방향조차 잃어버린 지느러미
똑같은 모습으로 찍어내는 서러움이
부부의 눌러쓴 모자 눈가로 흐른다

언제쯤 떠나왔던 그곳으로 돌아갈까
따뜻한 눈빛마저 차갑게 식은 골목
황금빛 온기 한 움큼 내민 손에 전했다

압력솥

차가운 바닥 딛고 차오른 숨찬 격정

끓어오른 부화를 억눌려 참아가며

치열한 삶의 여정을 쉭쉭 대며 건넜다

지나친 자신감에 우쭐대며 떨친 기운

좌충우돌 부딪히며 뜨겁게 달아올라

열기를 쏟아부으며 거침없이 살았다

이제는 모든 것 내려놓은 황혼 무렵

마음속 들썩이던 숨소리도 잦아들고

무거운 압력에 눌려 밥심마저 식었다

구포국수에 관한 명상

국수가 삶이 되던 시절이 있었다
허기진 둑방길에 하얗게 건조되어
궁핍한 가게 속으로 출렁이던 힘살들

말라버린 눈물샘 간간하게 적시며
무너진 바람벽 틈새로 스며들어
낮은 곳 시린 바닥을 얼비추던 얼룩들

연약한 뼈대로 구부러진 탄성들이
기울어 가는 가세를 똑바로 세우고
일평생 버팀목 될 줄 까마득히 몰랐다

삶이란, 잔치국수 고명처럼 얹어지는 것
구겨진 골목길에 은빛 햇살 뿌려지던
국숫집 면발 빛나는 권태로운 오후에

2부

시장기로 떠돌던 날의 고백

통영랩소디 1
—극동다방엔 아직도 파도가 들락거릴까*

DJ박스 안에는 먼 파도가 굽이쳤다
지겹도록 들었던 폴 앵카의 아버지는
어느새 나이가 들어 요양원에 갇혔다

수시로 음반 위를 긁어대던 잔소리는
변성기를 지나면서 점차로 굵어졌고
끝내는 소리를 잃은 앵무새가 되었다

사람들은 끄적끄적 뒤통수를 긁어대며
지나간 추억들을 소환하려 애썼지만
굴곡진 삶의 바다을 벗어나지 못했다

기억을 되돌리려 필사적으로 버틴 날
트랙을 뛰어넘던 격정마저 무너지고
그 시절 뭍으로 오른 파도는 없었다

* 바닷가 위치한 음악다방으로 친구 능출이가 DJ로 있던 곳

통영랩소디 2
─장사도 동백풍으로

동백은 온몸 던져 절절히 적는다

애끓는 심정을 단지로 뚝뚝 피 흘려

장장이 펼칠 수 없는
시집 한 권 묶는다

뭍에서 고립되어 유배되어 사는 몸
육지를 바라보며 토해낸 붉은 울음
그리움 닿을 수 없는
심해 밖에 떨군다

피었다 지는 것이 어찌 동백뿐일까

너와 나 살아가는 표정 잃은 모습도

한 송이 기억해야 할
아름다운 꽃인 것을

통영랩소디 3
—무전동 동백다찌에서 되살아난 입맛

무겁던 통영 바다 뭍으로 오른 날은
포구마다 깨어나 등불을 내걸었고
한 번도 본 적이 없는 진수성찬 차렸다

숨비소리 삼키며 거친 바닥 내려가
빛마저 들지 않는 어둠 속 뒤적거려
한 덩이 물컹한 생을 건져 올린 어머니

먼 길 돌아 도착한 애먼 나를 나무라며
이노무 자식 어쩌다 늦게 도착했냐고
버선발 뛰쳐나와서 품에 안겨 울었다

성질 난 뿔고동을 눈앞에 펼쳐놓고
젓가락질 닿지 않아 멈춘 순간 들린다
이놈아, 차게 놀아도 먹고는 살아야지

통영랩소디 4
―갈치 백반이 그리운 날

무거운 갈치 상자 머리에 이고서

남평리 전역을 고래고래 떠돌다

어머니 파김치 되어
빈집으로 돌아왔네

부뚜막 쭈그려 앉아 생솔불 끄집어내
생살로 허물어진 상처에 소금 뿌려
뜨거운 불잉걸 위로
거침없이 올려졌네

뒤집는 손길마다 터지는 굳은 살결

살아서 서러웠던 순간들 기억하며

어머니 불씨 속으로
젖은 생을 던져 넣었다

통영랩소디 5
—도다리쑥국 한 그릇에 울컥한 하루

한 번도 제대로 대접받지 못한 채로
숨조차 쉴 틈 없이 아등바등 살았어도
바닥에 납작 엎드려 중압감을 견뎠다

세상 이곳저곳 변두리를 떠돌다
불빛마저 사그라진 어두운 골목길을
멀뚱히 돌아 나오며 깊은 한숨 내쉬던 날

속 끓이며 살았어도 내색도 하지 않던
동굴 같은 깊은 심중 그곳에 찾아들어
차갑게 식은 울분을 풀어주고 싶었다

때가 되면 들녘마다 돋아나는 푸성귀
짓밟고 억눌러도 솟구치는 질긴 목숨
따뜻이 우린 국물로 스며들고 싶었다

통영랩소디 6
—봉숫골 아구찜 밥상에 펼친 자서전

마른 아구* 몸에 우러난 친숙한 살 냄새

비틀은 틈새마다 독한 세파로 버무려져

온 생애 매운맛으로 살아오신 아버지

살점 죄다 발라 주고 질긴 힘줄만 남아

여기 허기진 그릇에 오롯이 담겨 나와

빙 둘러 밥상머리에 둘러앉은 가족들

잃어버린 시장기로 헛물켜고 떠돌다가

짠맛이 배어 있는 일대기를 펼친 하루

혀끝에 닿은 통점의 아픈 내력 읽는다

* 경남지역에서는 '아귀'를 '아구'로 부른다

통영랩소디 7
—충렬사 돌계단에 앉아 백석을 읽다

뜨거운 마음 붙잡고 돌계단에 앉았다
끊임없이 솟구치는 그리움에 빠져들어
차갑게 식은 속마음 데우려고 애썼다

등 뒤로 굽은 허리 기대고 선 동백
구구절절 굽이치는 사연을 펼친 자리
검붉게 타오른 울음 송이째로 떨군다

애타는 기다림에 지쳐가던 어느 봄날
힐끗힐끗 넘겨버린 낡은 사랑 더듬다가
무심히 귓등에 실어 흘려보낸 시간들

메마른 시심 일궈 시 한 구절 얻으려고
한걸음에 달려와 마주친 명정골 샘터*
아직도 마르지 않는 애틋함을 읽는다

* 통제영 시절 판 우물로 박경리 소설 『김약국의 딸들』,
김춘수 「명정리」, 백석의 「통영2」 작품 배경이 된 곳

통영랩소디 8
—그 시절 접시꽃은 왜 그리 붉었던가

그리움 깊어지면 우런 붉은 중병 될까

마디마디 층계마다 눈물의 탑 쌓아도

온전한 마음 끝에는 오를 수가 없었네

그대 홀로 선 자리 또다시 꽃은 피고

저 작은 목숨 위에 무엇을 올려야만

선홍빛 숨결을 품은 그림자가 생길까

새기면 새길수록 물집으로 남는 아픔

다시는 세상을 가벼이 떠돌지 않도록

심중에 중심을 앉힌 접시 하나 두었다

통영랩소디 9
―찔레꽃이 지는 날 우리는 떠났다

고향을 떠나는 날 궂은비 쏟아졌다
그리운 고향 집이 기억에서 멀어지고
궁핍한 세간살이가 등 뒤에 덜컹거렸다
그 옛날 동호항을 돌아가던 연락선처럼
안갯속 갇혀버린 등대 같은 절망 두고
오 형제 혈점 같은 섬 버리고 돌아섰다
가난한 여백마다 섬섬옥수 펼친 사랑
허접한 이부자리 찔레꽃을 피웠더니
아프게 밟아댄 발판 흰 발목이 시리다
가시에 찔려가며 일궈낸 삶의 불꽃
비어낸 터전마다 생명수 불길 되어
아득한 봄날 속으로 흩날리던 꽃잎들
어머니 다섯 형제 사방으로 흩어놓고
허망한 바람결 풍장으로 뿌려질 때
산등성 울컥 쏟아낸 붉은 노을 서럽다

통영랩소디 10
—삼덕 고갯마루 동백시인의 푸념

시를 쓰는 일이 뭐 그리 대수라고

겹겹이 싸여있는 생애를 들추는가

아직도 붉음이 일러

오지 말라 했는데

저렇듯 선명한 걸 두고 보면 무엇 하나

나를 붙들어 맨 주저하던 낡은 사랑

마침내 놓지 못했던

인연 하나 떨군다

통영랩소디 11
―짓무른 늙은 호박 길가에 퍼질려 앉아

텅 빈 마음 둘 곳 없는 불안한 구석 자리
연명한 질긴 목숨 외줄에 의지한 채
허공을 휘감아 올라 물집 부위 넓혀간다

가는 곳 길목마다 허물어진 담장 밑에
기울어진 기둥뿌리 맨몸으로 끌어안고
지탱할 어깨도 없이 불볕 아래 가고 있다

앙가슴 수심 담긴 항아리 낳고 품으며
짓무른 삶의 무게 가세를 둘러메고
'개안타 그기 뭐시라꼬' 중얼대며 걸어간다

갈아엎은 밭뙈기를 다시 덮을 기세로
수굿이 노란 등불 어둠 속 밝혀 들고
타는 몸 심지를 물고 고집스레 가고 있다

통영랩소디 12
—강구안 해변에 흘린 시詩

길 위엔 슬픔 아닌 그리움이 넘친다

바닥을 꿈틀대며 걸어 나간 물집마다

저녁놀 물들어 가는 저 광채의 놀라움

살아서 퍼득이며 아파하는 모든 것들

속 썩인 사연들을 꺼내어 펼쳐 놓고

돌올한 삶의 부조를 바라보는 한나절

길 위엔 상처 아닌 기다림이 솟는다

물때 밀린 바다와 기회 잃은 시간들

그 사이 섬처럼 놓인 사람들이 스친다

통영랩소디 13
—통영누비 속 갇힌 마음은 어디에

통영, 그 파란 물 목숨 터로 퍼 올려
물이랑 사이사이 공기층을 불어넣어
땀땀이 스며든 자리 설운 사랑 채운다

평생을 촘촘한 눈빛으로 떠돌다가
수천의 물굽이로 파고를 넘나들어
한 채의 온기를 품은 섬으로 앉은 날

발끝에 철석이던 파도 소리 멀어져
눈에 박힌 가시처럼 아롱져 맺히던
살아서 너무나 아픈 그리움의 잔영들

드러난 갯벌 위로 펼쳐진 아득한 삶
매듭진 흠집마다 보풀 일지 않도록
다독여 무너진 마음 박음질로 맺었다

통영랩소디 14
─밤마다 우리는 감성어感性語 낚시터로 간다*

시시한 휘몰이 낚싯줄에 걸려들

가벼운 입놀림의 형광 찌를 바라보며

묵중한 서정의 무게로 기다리는 감성어

홀로 선 등대처럼 등불 하나 켜 들고

비워 둔 여백마다 허튼 상심 쏟았다가

번번이 손맛을 버린 물다 놓친 언어들

가없는 바다으로 깊은 수심 내릴 때

입질하지 않은 채 가라앉은 문맥들이

가둬 둔 행간 사이로 떠올랐다 사라졌다

* 고경서 작가『감성어 낚시』수필집 제목 인용

통영랩소디 15
—소매물도 흑염소의 편견은 여전한가

아버지 힘센 고집 염소처럼 강하다
치켜뜬 두 뿔에다 독기를 품고서
느슨한 일상을 몰아 우리 속에 가둔다

견고한 외투 입은 검투사로 무장한 채
세상 밖 울타리의 통문을 닫아걸고
왕성한 유전력으로 삶의 터전 넓혔다

근엄한 턱시도, 지체 높은 턱수염에
예각의 소용돌이 지휘봉 휘두르며
종족의 보존 법칙을 고수했던 수행자

광활한 세렝게티 대초원 바라보며
입속의 질긴 초목 곱씹고 되새기다
바윗돌 거친 산정을 맨발로 뛰어오른다

통영랩소디 16
─친구 실봉이가 보낸 실하디 실한 멍게*

봄이 오는 식탁으로 배달된 통영바다

스티로폼 가득 담긴 억센 파도 소리

비릿한 젖은 육질로

그리움이 씹힌다

입속에 퍼지는 알싸한 추억들

짠 내 나는 어린 시절 골목길 배어있던

물컹히 우려낸 슬픔

달달함을 삼킨다

* 한 때 다운타운 인기 DJ였던 친구는 멍게 양식 사업가로 변신했다

통영랩소디 17
—담벼락 흐르는 동피랑 별곡

굽이친 세월 밖에 나 홀로 비켜섰다
멀리 내다보는 동호항 먼바다를 향해
가뭇한 그림자 끌며 사라지는 어선들

절벽에 다닥다닥 들러붙은 조가비처럼
산비탈 먼 곳까지 지친 삶을 끌고 와
어두운 골목길 너머 등불 내다 걸었다

도망치듯 빠져나와 뒤볼 새 없던 시절
간간이 머리맡에 파도 소리 들렸지만
불현듯 밀물이 들어 새하얗게 씻겼다

구불구불 길을 돌아 마주친 마을 어귀
담벼락 기댄 채로 늙어가는 사람들
수줍은 동백꽃으로 붉게 피고 있었다

통영랩소디 18
—진정 '나비의 꿈'*은 비상하는가

1.
그곳에서 나비 되어 산천을 누비며
드넓은 하늘가를 자유롭게 비행하던
생전의 아련한 꿈을 펼치고 계시나요

굽이쳐 흐른 세월 잠잠히 스며들어
버겁던 한때의 삶 녹록하게 비칠 때
푸른 물 신한 눈빛이 그립시 않던가요

2.
껍데기 벗어버린 우아한 날개를 펴고
판데목 다리 지나 비진도 근처를 맴돌다
도남동 보금자리로 귀향하는 새들처럼

이제는 고향 바다를 떠나지 마세요
봄이 되면 언덕마다 새순이 돋아나듯
그리운 이름이 되어 다시 돌아오세요

* 1969년 독일에서 초연되어 31회 커튼콜을 받은 세계적인 작곡가
윤이상이 쓴 오페라

통영랩소디 19
—시인 농부여, 주렁주렁 삶을 잘 엮어 가게나*

묵정밭 일궈내어 씨감자 심었더니
여윈 몸피 틈새로 시상들 꽃을 피워
올해는 감자 씨알이 튼실하고 참 굵다

그동안 시심을 돌보지 않은데도
얽히고설킨 생각들 뿌리로 뻗어 나가
종갓집 일가 이루듯 식구들 잘 거뒀구나

우수한 형질의 시어를 골라내어
빛들이 차단되는 어두운 광 숨겨두고
쭉정이 시인 농사는 이쯤 끝내도 되겠네

시인의 옆구리가 가려워 못 견딜 즘
화농 같은 씨눈들 살갗을 뚫고 나와
망가진 채전 밭 찾아 먼 길 또 나서겠지

* 친구 성환이는 퇴직 후 감자 농사로 고향을 지키며 산다

통영랩소디 20
—강구안 퍼득이는 물 좋은 사람들

늘 생의 가운데는 차가운 물길이다
시장통 사람들은 장화를 신고 산다
더 이상 젖은 울분이 차오르지 않도록

여전히 문어집은 목하 성업 중이다
한 바가지 사투리를 질펀히 퍼 나르며
찰지게 물고 늘어지는 흥정을 떼어낸다

낭자한 거래와 토막 난 시간의 현장
도저히 알 수 없는 사건의 알리바이
의혹은 혐의점 없이 소란으로 남는다

우연히 맞닥뜨려 들켜버린 뻔한 하루
검은 봉지 꿈틀대는 생애를 거머쥐고
끈적한 흡반의 길을 되돌아서 나온다

통영랩소디 21
—세병관 앞뜰에 서서

여기 풍랑의 바다에 외로이 다시 섰다

마음속 끓어오른 분노마저 삭이며

한 점 섬 아득한 곳을 물끄러미 바라본다

어디가 시작이고 끝인지 모른 채로

잠잠히 펼쳐진 저 무망한 섬과 섬 사이

가뭇한 서러운 소식 발길 아래 닿는다

이제 나의 길은 어디를 향해 열리는가

주체할 수 없는 심정 먼바다 부려 놓고

무겁게 궁글은 마음 무딘 날을 벼린다

통영랩소디 22
—오라, 적이여 한산 바다로

애끓는 마음 감추고 견내량 버텨 섰다
오로지 내가 선택한 길은 외길 하나뿐
시퍼런 물굽이 너머 마음 고쳐 세웠다
어둠 읽은 세상은 기미를 알아차렸고
격군마저 비장한 각오로 삿대를 움켜쥐고
무너진 대형 일으켜 학익진을 펼쳤다
오라 적이여, 피할 곳은 오직 죽음의 바다
한 발 더 가까이 다가오면 다가올수록
더욱더 옥죄어드는 고통만이 스밀 뿐
북채를 거머쥔 채 가열하게 두들긴다
푸른 물결 핏빛으로 점점이 물들이며
서서히 가두리로 몰아 응징한 결의여
회오리 굽이치는 격랑의 바다에서
사생결단 싸워 이긴 저 장대한 쾌거
솟구친 소용돌이 속 몸부림이 뜨겁다

3부

탈부착이 가능한
생애의 옷 한 벌

생의 후면을 겉도는 삽입곡처럼

허무한 대리 인생 무반주로 떠돌며

한 번도 자신 위한 위로의 말도 없이

나만의 착각에 빠져 타인으로 살았다

내버려 둘 수 없는 독무대 뒤편에서

누군가 연출했던 어두운 배경음악

아무런 감흥도 없이 울먹이며 섞였다

언제나 트랙 속을 덜컹거린 맨발의 삶

젖은 몸 뒤척이며 왔던 길 돌아간다

굴곡진 후면을 따라 겉도는 삽입곡처럼

펫로스 증후군*

네가 남긴 발자국은 혈흔처럼 남았다
한 걸음 다가서면 멀어진 너의 자취
겹쳐진 반경을 따라 그리움은 커진다

내가 조금씩 너를 잃고 가라앉을 때
저만치 구석진 곳 웅크린 모습으로
자꾸만 말라만 가는 눈시울을 훑았다

둥근 접시 위로 머무른 시간들이
켜켜이 쌓여있는 사라진 기억 저편
멀어진 마음 다가와 쓰다듬고 달랜다

언제나 눈길 피해 시선을 두지 않고
유일한 외길만을 따르며 떠돌았던
아직도 따뜻한 온기 식지 않고 남았다

* 반려동물과 이별하면서 느끼는 우울감 또는 상실감

발치

수심 깊은 사랑은 통증 수위 높인다
함몰된 어둠 속에 뿌리내린 상처는
더욱더 울음 삼키며 내면으로 향한다

치열하게 자신을 부추기며 살다가
한순간 뽑혀나간 그리움을 흠모하며
헐거운 심중에 갇힌 집착마저 버린 날

상처로 굳은 아픔 더듬어 헤쳐가면
닫힌 눈물샘에 투영된 낯선 얼굴
실연의 언저리마다 새살이 차오른다

고이고 끼어 넣은 생경한 구석자리
열꽃 같은 뜨거움이 피어나던 늦은 봄날
버려진 너의 슬픔을 혀끝으로 안았다

프린터

복사된 마른 삶이 출력되어 나갔다

모니터를 떠돌다 갖추지 못한 문장

언제나 결말이 나쁜 가편집된 일생이

레이저 눈빛 속 노출된 경로 따라

굴절된 프리즘을 통과하지 못한 채

세상의 문턱에 걸려 파닥이는 목숨들

스스로 결박지은 안과 밖 경계에서

헐겁게 접힌 내력 더듬는 시선 너머

구겨져 밀린 어둠이 파지 되어 쌓인다

짜장면 랩소디

황홀한 뒤끝엔 극강의 맛이 있다

비비고 달달 볶아 이뤄내는 하모니

끈기를 잃지 않을 때
입맛은 살아난다

축 처져 늘어진 어눌한 몸짓에
찬물을 끼얹듯이 재촉하는 쫄깃함
휘감겨 늘어진 감정은
둘둘 말아 감긴다

문득문득 생각나는 지워진 그리움에

무료한 시간들을 모두 허비한 지금

낭창한 설렘의 끝에
다가서는 한나절

블랙커피

그대와 나 사이에
검은 눈물이 흘렀다

지울 수 없는 것은 모두 다 묵언인가

혈관을 타고 흐르는
감당 못 할 침묵들

가둬둔 맹목적 삶이
뱉어내는 고통에

더욱더 가까이 다가서는 절망의 끝

씁쓸한 감정 감추며
또 하루를 삼켰다

삼각김밥

오늘도 편의점에 어김없이 들른다

매일매일 다가오는 불안한 하루살이

온전히 버틸 수 있는 맨바닥을 찾는다

피라미드 빗면 위로 실족지 않으려고

검고 질긴 그물에 온몸을 감싸 안고

짓눌린 꿈에 갇혀서 엉겨 붙은 사람들

어디든 어떻게든 똑바로 서고 싶다

억센 갈퀴 세워 젖은 눈물 움켜쥐고

단단한 삶의 체위로 둥글게 말고 싶다

수선의 하루

헛헛한 마음들이 기웃대는 수선집
기고만장 헛배 불러 쪼그라든 가방 하나
암팡져 든든한 세월 내려놓고 누웠다

수선을 하는 것은 눈높이를 맞추는 일
각자도생 살아 나온 흔적을 더듬어
무너져 기운 생애를 고스란히 돋운다

부푼 겉치레와 냉소 어린 구석 자리
뱃심으로 눌러앉은 고집을 비워내고
짓눌린 삶의 무게를 덩이째 덜어낸다

뒤뚱거린 체형으로 감당한 무거운 짐
치켜뜬 눈빛과 오뚝한 콧대를 낮추고
따뜻한 한 줌 온기를 폐부로 불어넣는다

심야 영화관

환생한 주연으로 스크린 넘나든다

삐걱대는 침대에 고된 일상 눕히다가

갑자기 중압감에 놀라
상대방을 노려본다

내 몸을 누른 것은 대역이 아니었다
어둠의 체중이 이처럼 무거울 줄이야
몽환 속 빠져든 장면
어슴푸레 깨어난다

꿈속을 헤매다 돌아온 현실은 차갑다

빙의로 즐거움을 누리다 나온 극장가

클릭된 화면 밖으로
빈 바람이 스친다

마네킹

때로 무심한 마음이 편할 때가 있다

세상에 나와 거둔 전리품 같은 눈빛

고요한 평정심을 가진 넉넉함이 좋았다

아무렇게 걸쳐도 살아나는 매무새

탈부착이 가능한 생애의 옷 한 벌

울어도 눈물이 없는 냉정함이 좋았다

온종일 누군가를 애타게 기다리며

창가에 다소곳이 먼저와 기대서서

조금도 흐트러짐 없는 간절함이 좋았다

탑골공원

굴곡진 삶의 여정 느릿하게 흐른다
머릿속 각인된 한 템포 앞선 기억
응축된 태엽에 감겨 조급함을 지운다

저마다 걸어온 생애만큼 그늘은 깊어
섣불리 비운 생각 채워지지 않는 하루
내딛는 동선을 따라 발걸음이 무겁다

무리를 이룬 생의 결말은 이탈이다
결속된 대열 속에 청춘을 묻어두고
근근이 안간힘으로 버텨 나온 사람들

허탈한 심정들을 허물로 벗어둔 채
총총히 종로 3가 지하철로 몰려가는
휘어져 굽은 뒷모습 뒤뚱거려 보인다

녹아웃*

오늘도 냉엄한 사각의 링에 오른다
가벼운 몸풀기로 전력을 더듬다가
노출된 가십거리를 들춰보는 라운드

구석진 코너에 웅크린 또 다른 나
일으켜 바로 세워 제자리 돌려보내며
미결된 서류에 쌓여 전반부를 앓는다

새롭게 발주되어 던져진 도전장을
잽으로 요리조리 펼치는 탐색전에
반나절 휘청거리다 로프에 기댄 몸

후반부 들어가며 지쳐가는 체력전
홀딩으로 껴안고 맷집으로 버티다
어퍼컷 한 방에 걸려 녹아웃된 하루

* 권투에서 다운되어 10초 안에 경기를 못하는 상태

폭탄주 제조법

울화통과 화약통은 이음동의어 관계다

언제 터질지 모를 불씨를 가지고 있어

폭탄주 제조 비법에

감초처럼 쓰인다

낙관과 비관, 절망과 희망 사이 떠도는 삶

전쟁 같은 세상 폭탄주 무기 될 수 있을까

빈 잔에 휘발성 울분과

염초를 섞어 넣었다

맹그로브 숲에서

언제나 젖은 삶은 감춰둔 수심이 깊다

엉켜진 미로 속을 부유하며 헤매었던

지난날 아픈 기억이 수면 위로 떠오른다

숲속을 헤쳐 나온 남겨진 슬픔 안고

정착하지 못한 날의 어수선한 발걸음이

부풀은 강물에 싸여 수초처럼 떠돈다

손에 거머쥘 그 무엇 하나 잡으려고

마디마다 부서져 하얗게 돋은 뿌리

접골된 뼈마디 사이 서러움이 흐른다

기보를 읽다

나 홀로 동떨어져 지켜온 삶의 행로
수성의 무게감에 감은 눈 부릅뜨고
맥점을 둘러 에워싼 위기감을 읽는다

거미줄로 엮여있는 바둑판같은 세상
한걸음 조심스러운 포석으로 발 디디며
호구*를 건너뛰면서 달려가는 필마들

무리수 걸친 생애 새 국면 맞을 때면
반격에 걸려들어 뒷걸음질 치다가
자충수 함정에 빠져 허덕이며 헤맸지

은밀히 사방에서 좁혀오는 포위망에
변변한 묘수 없어 대응 놓친 미생마**
초읽기 수세에 몰려 사활 걸고 버틴다

* 바둑돌 석 점이 둘러싸고 한쪽만이 트인 그 속
** 바둑에서 아직 완전히 살지 못한 말

코인 세탁소

첩첩이 쌓인 체념 풀어지는 순간이다

껴입은 생각마다 서로 다른 고민들이

한통속 덜미에 잡혀 긴장감을 놓는다

알몸에 가려졌던 신비감이 사라지고

겹겹이 엉켜 있는 의문을 쏟아내면

스스로 결박을 풀고 화해하는 몸짓들

무겁게 짓누르던 고통마저 사라진 날

움츠린 하루 분량 표정을 갈아입고

또 다른 오늘이 되어 길거리로 나선다

윗세오름을 오르며

산정을 바라보며 오름 향해 걷는다
앞서간 일행의 뒷모습이 사라지고
공허한 벌판을 메울 눈보라를 꿈꾼다

경계선 밖에서 오랫동안 떠돌았다
바다로 떠난 포경선은 돌아오지 않았고
밤마다 죽은 고래가 포말로 밀려왔다

미라가 된 구상나무 고사목 지대에서
잠시 시야에 멀어진 발자국을 보았고
회색빛 수림대에서 생애 첫눈을 맞는다

함몰된 오름 전설 덮으며 내리는 눈
분화구에 잠들은 낡은 영혼 깨우며
밤새워 지층 속으로 긴 폭설이 내린다

고봉밥

경건히 무릎 꿇어 두레상을 받습니다
투박한 질그릇에 담기는 경전 한 권
퍼내도 마르지 않을 무량심을 읽습니다

가슴 떨린 질곡의 삶 어둠을 헤쳐 나와
둥근 테두리 단전 끝 꾹꾹 눌러 다져서
따뜻한 모성의 온기를 지어 올린 어머니

켜켜이 치성으로 쌓아 올린 눈물의 탑
에인 상처 언서리에 살점으로 돋아나는
자신을 버려야 피는 불가해한 꽃이여

우주의 가장자리 솟아난 우뚝한 산
온몸에 뜸을 들여 쏟아낸 젖빛 봉우리
받쳐 든 고귀한 사랑 공양을 받습니다

반디니 피에타*

갖추지 못한 목숨 품 속에 안고서

포근히 내려보는 젖은 시선 너머로

미완의 슬픈 눈동자 슬며시 닿는다

고귀한 삶이란 어디에도 없던 것

핍박과 구속에서 피워 난 생명의 꽃

온전히 누릴 수 없는 슬픔만을 지운다

누구도 꿈꾸며 가둘 수 없는 영역

소중한 눈빛으로 맞닿은 경계에서

오로지 사랑만으로 깊어지는 저 포옹

* 미켈란젤로 미완성 작품

영혼의 가압장*

젊은 나이 그는 죽어 우물이 되었다
힘겹게 일어서면 다시 주저앉는 절망
끊어져 마른 심중에 마중물을 붓는다

고된 삶에 억눌린 민들레 같은 생애
밟으면 밟을수록 다져지는 굳은 의지
메마른 심령을 적신 생명수가 되었다

물길 막힌 세상을 힘차게 퍼 올려
바닥난 수조 속의 울분을 걷어내고
청푸른 마음을 모아 노래한 시인이여

텅 빈 공간마다 차오른 맑은 영혼
밤새워 하얗게 말라버린 나뭇가지에
온몸을 대지에 뿌려 얼음꽃을 피웠다

* 인왕산 자락 버려진 수도 가압장을 윤동주 문학관으로 조성

4부

발아된 희망은
어둠 속 꽃을 피우고

자화상
—빈센트 반 고흐 1

그는 왜 무표정을 감추려고 했을까
한쪽 잘린 귀로는 수습하지 못한 말
마지막 꿰맞춰야 할 뒤 문장이 남았을까

귀는 수용의 편이고 해석의 영역도 아닌데
허투루 흘려보낸 피치 못할 낌새라도
더듬어 헤쳐보려고 안간힘을 썼을까

단 한 번 붓놀림에 채워지지 않는 여백
언제나 무거운 덧칠로 다가오던 중압감
부릅뜬 허공을 향한 눈동자가 굳었다

심장을 굽이치며 뜨거웠던 밀밭에는
귀 기울여 듣지 못한 지저귐도 남았는데
그는 왜 들뜬 광기를 느끼려고 했을까

아이리스
—빈센트 반 고흐 2

어둠을 가장한 슬픔이 꽃을 피우려

알뿌리 사방으로 거친 바닥 헤치며

허공에 걸친 어깨를
부여잡고 기어오른다

넋 놓고 바라보던 황량한 정원에서
시들은 꽃잎들이 마른 목숨 일구려고
보랏빛 입술을 열고
애태우던 늦은 봄날

창백하게 말라가던 창문가 여린 틈새

햇살이 스며들어 부서진 어둑한 곳

꽃병 속 갇힌 아이리스
눈 뜨고 있었네요

르오노강의 별 달밤
—빈센트 반 고흐 3

밤하늘은 한 편의 웅장한 대서사시
접었다 펼쳤다 휘몰아친 몸짓으로
화려한 천상의 날갯짓 어슴푸레 펼친다

가닿을 그 무엇은 아련히 멀었는데
회오리 굽이치며 어둠 속 날아올라
어디로 깃을 접어서 먼 길을 떠나는가

아찔한 몸짓에 뒤섞여 감겨들다
절절히 사무쳐 흐느끼는 저 군무는
차라리 꿈이 아닌들 유성으로 흐를까

수많은 연민들을 편편히 흩어 놓고
투영되어 스며든 기억의 언덕 저편
강변에 쏟아져 내린 불빛들이 환하다

해바라기
—빈센트 반 고흐 4

반쯤 뜬 공포를 그리는 건 쉽지 않아
서로 간 알알이 이빨을 깨물고 있어
한통속 묵비권 행사를 저지할 순 없어

치열한 삶 속에는 결속된 힘이 있지
어느 누구 함부로 나서지 않는 이유
쉽사리 톱니바퀴가 어긋남을 알기에

그렇다고 누군가를 편애하지 않았어
햇무리 주변으로 붉은 후광 드리우듯
오로지 궤도를 따라 눈을 맞춰 떠돌 뿐

빼곡히 펼쳐 든 여물은 마음 저편
실핏줄 지펴오듯 전해준 온기의 말
외로이 꽃대 세우고 엿듣고 있었지

감자 먹는 사람들
―빈센트 반 고흐 5

삶의 내면을 들여다보는 것은 두렵다

정지된 어둠과 명멸하는 불빛 사이

희미한 조명등 아래 떠오르는 얼굴들

흘린 눈물은 더 이상의 눈물이 아니다

지워진 자리마다 슬픔이 겹쳐 쌓이듯

딱딱히 굳은 실내엔 침묵만이 흐른다

그을린 램프 너머 가라앉는 흐느낌은

누굴 위한 또 하나의 우울한 배경인가

무덤덤 쏟아낸 하루 암전되어 저문다

까마귀 나는 보리밭
―빈센트 반 고흐 6

난청을 날아드는 섬뜩함을 느꼈을까

어디에도 찾지 못한 우울한 나의 모습

언제나 무풍지대를
홀로 걸어 나왔다

흐트러진 보리밭, 발목들이 젖는 실
빠져든 진창길을 더듬어 걸어 나오며
유난히 솟구쳐 오른
태양을 보았다

끝없이 펼쳐진 이랑 너머 아득한 삶

쫓기며 살아왔던 뜨거웠던 그 순간

아껴둔 호흡 한 줄기
허공 중에 맺혔다

밤의 카페테라스
—빈센트 반 고흐 7

따뜻한 불빛으로 번지는 넉넉한 저녁

밤은 은은한 면포를 이끌고 다가와

저무는 가로등 아래 차일을 펼쳤다

아득히 흘러나오는 안개 무리 흰 손들

가만히 젖은 음계로 품속을 스며들어

낮아져 처진 어깨를 쓰다듬고 어른다

스스로 빛내며 타오른 무량의 별빛

말없이 고개 숙인 지친 삶을 위하여

또다시 걸어가야 할 먼 길을 밝힌다

사이프러스가 있는 밀밭
—빈센트 반 고흐 8

허공을 부여잡고 꿈틀대며 오른다

발목을 받쳐 줄 아무런 의탁 없이

미혹된 마음 떨구며
꾸역꾸역 걷는 길

타오른 울분으로 목마른 나닐들
아득히 머나먼 곳 머물 자리 찾아서
언젠가 닿아야 하는
하늘 끝을 향한다

온몸으로 솟아오른 미로를 더듬어

지상에 뿌리내린 슬픔을 움켜쥐고

밤하늘 빛나는 성좌
그림자를 쫓는다

아를의 붉은 포도밭
—빈센트 반 고흐 9

태양이 거둬들인 작열하는 포도밭

달콤하게 익는 것은 속살만이 아니다

먼저 와 자리를 잡은 풋것들의 속내다

주렁주렁 매달린 저 많은 안도감에

저마다 한 움큼의 그리움을 부여안고

뜨겁게 얼굴 붉히며 고개 숙인 한나절

상실은 다시 태어나는 신생의 아픔이다

짓이겨 잃어버린 타성으로 떠돌다가

결국은 스며야 하는 운명임을 알기에

꽃피는 아몬드 나무*
—빈센트 반 고흐 10

생명을 피우는 꽃은 언제나 눈이 깊다

살아있는 눈매에 담기는 움트는 봄날

혹독한 시련을 견딘 꽃망울이 터진다

나른하게 젖어 드는 아득한 언덕 아래

축복받은 대지는 스스로 몸을 풀고

양수로 질척거렸던 일대기를 지웠다

웅크린 몸속에서 짓눌렸던 지난날

애처로운 눈길로 와닿았던 가지 끝

환하게 미소 띤 자리 작은 숨결 맺혔다

* 조카의 탄생을 기념하며 37년 인생 봄에 그린 마지막 꽃 작품

씨 뿌리는 사람
—빈센트 반 고흐 11

대지는 스스로를 거절한 적은 없다

발아된 희망은 어둠 속 꽃을 피우고

한 가닥 끓어오르는
비통함을 감춘다

어둠을 등지고서 부둥켜안은 모성
속살을 파고들어 씨눈을 감은 채로
차가운 경계를 뚫고
부풀리는 기운들

무거운 장막의 끝, 솟구친 울분의 땅

억눌린 심정을 끌어모은 호흡으로

한순간 일으켜 세운
무릎 꿇은 힘을 보라

착한 사마리아인
―빈센트 반 고흐 12

쓰러진 너를 일으켜 바로 세울 믿음은

안으로 열려있는 내면을 통해서만

그 깊은 수렁에 빠진 모습을 볼 수 있다

도적같이 다가와서 옷섶을 헤치며

심장을 움켜쥐고 훔치려 했던 것은

가벼운 믿음 위에서 흔들리던 빈 마음

오로지 위를 향해 뜨겁게 타오르는

유일한 소망만이 자신을 지켜나갈

묵묵히 동행해야 할 굳건한 신앙임을

측백나무와 별과 길
—빈센트 반 고흐 13

우리 언제 저렇게 마른 길 뛰쳐나와

회오리 뒤엉키는 두려움을 떨궜던가

들녘을 꿈틀거리며
타오르는 저 울음

젖은 땅 질척이며 머나먼 그곳으로
남겨진 시간들은 일순간 멈췄는데
누군가 뒤를 밟으며
답청으로 오는가

어둑해진 저물녘 홀로 선 적막감에

굽잇길 동행하며 석양 아래 멈춘 귀로

아직도 걸어가야 할
하늘길은 멀구나

생 레미의 정신병원 뜰
—빈센트 반 고흐 14

온전히 나를 위한 시간들은 멈췄다

홀로 뻗은 가지는 외뿔로 자라며

내 안에 깊이 잠적한 의혹만을 키웠다

누가 나서 잠든 꿈을 깨울 수 있을까

펼쳐 둔 캔버스에 슬픔을 덧칠하며

한 줌의 어둠을 떠서 흩뿌리는 손길들

나무들은 검은손을 허공으로 펼치다

잡히지 않는 곳 까마득한 숲을 향하여

유령의 망토 걸치고 두런두런 걷는다

복숭아꽃이 만발한 아를르 풍경
―빈센트 반 고흐 15

황홀한 봄날 맞이한 너와 나의 이별

헤어져 떠난 인연에 그리움을 더하면

앙가슴 허전한 자리
차오르는 설움들

저렇듯 아름답게 피고 진 넋인 양
달콤한 기억들은 꽃잎 되어 흩날리고
나에게 남아 있는 건
잔향만이 떠돌 뿐

어느 날 지나치다 기웃거린 그 시절

못 잊어 다시 찾은 늦은 봄 풍경 속을

멈칫한 마음 달래며
멀어지는 뒷모습

별, 달밤
—빈센트 반 고흐 16

펼쳐진 밤하늘은 한 편의 장중한 음악

누군가 연출하는 손짓 따라 움직이며

별들의 소용돌이 속 혼곤히 빠져든다

무변광대한 우주를 점점이 물들이며

황홀한 환상을 회오리로 몰아가는

극도로 숨 막힐 순간 퍼포먼스 펼친다

무리 져 흘러가는 신비로운 은하계

한 번도 반복 없이 끊긴 적 없는 공연

장대한 서사를 품은 야상곡이 흐른다

석양의 버드나무
—빈센트 반 고흐 17

발가벗은 나목으로 들판에 다시 섰다
이제 나에게 주어진 마지막 시간은
태양에 온몸을 맡겨 달궈지는 일이다

화판을 이젤에 올리고 다시 잡은 붓
등 돌린 시선을 되돌려 추켜올리며
모든 것 저버린 심정 담담히 펼친다

끝없이 해를 따라 지친 원무를 돌며
울컥 솟구친 뜨거움을 들이지 못해
언제나 마음 한구석 허전했던 빈자리

마침내 석양에 물든 최후의 색으로
대지를 붉게 적신 쇠약한 빛이 되어
낙일에 쏟아진 울음 화폭 펼쳐 받는다

5부

거취를 읽어가는
사려 깊은 알고리즘

전자레인지 속 데워지는 저녁

봉지 속 외로움이 한소끔 끓고 있다

따라온 저녁놀이 온열로 데워지고

부푸는 절망 사이로 암실 벽이 닫힌다

딱딱하게 굳은 표정 불빛에 녹이면

금세 풀어져 되살아난 허기진 삶

한 끼의 늦은 밥상이 식탁 위 차려진다

차갑게 식은 감정 숨긴 채 떠돈 하루

누군가 비워둔 시간대를 걸어 나와

두꺼운 질긴 일상을 나이프로 썰고 있다

해시태그*

당신을 꺼낼 때 설명이 필요한가요

핵심을 찌르면 맨가슴이 아프니까
에둘러 인 척 아닌 척
슬며시 인용한 거죠

애당초 희석 없이 얼굴을 다 드러내면
가려진 흑막의 손 근거 없이 펼쳐지고
본심을 읽어 내리는
옆모습이 망가져요

중언부언 놓친 말에 토를 달지 말아요

그대로 그 자리에 있는 듯 없는 듯이
가만히 가까이 두고
스치듯 지나세요

* SNS에서 특정단어앞 샵(#) 표기로 주제어 부연 설명

AI 시대

스크린 비친 생애 은막을 떠돌다가

카메라 눈짓 따라 내몰려 놀란 세상

시선은 붙박인 채로 모니터를 향하고

조종간 부여잡은 변함없는 눈빛으로

거취를 읽어가는 사려 깊은 알고리즘

방안에 흩어진 동선 주섬주섬 담는다

가려진 미로 속을 더듬어 나서는 길

실시간 편집되어 송출된 나의 편력

삭제된 슬픔마저도 재현되어 빛난다

현대시 작법

키오스크 앞에서 낭송시를 누른다

하루치 기분과 울컥한 감정 입력 후

인식된 메모리 열면
목소리가 나온다

시심의 발화 없는 무뇌 세상 오고 있다
어휘력이 풍부한 컴퓨터 통제 시단
시인은 백악기 공룡처럼
사라질지 모른다

달콤히 젖어 드는 카페라테 같은 음률

맞춤형 즉흥시를 입속에 흥얼거리며

충전된 로봇이 되어
출근길을 나선다

나를 클릭하다

뒹구는 삶의 조각 압축하여 가둔다
해체된 파편들이 방안을 튀어 올라
포충망 그물에 갇혀 혼비백산 날뛴다

미처 다 완성 못 한 허술한 나의 편력
비대한 용량으로 드러난 상실감에
끝내는 나를 품어줄 공간마저 비었다

눈 뜨지 못한 채로 분류된 침묵의 방
생성된 알고리즘 매듭을 풀지 못해
꽉 다문 의문부호로 서성이는 사람들

노출된 위기감에 복제로 떠돈 하루
싸늘히 식은 감정 모니터를 감돌고
수없이 들락거렸던 파일들이 닫힌다

홈쇼핑 사냥법

무료한 한나절 사냥터로 나간다

쇼호스트 눈빛 따라 가늠쇠를 맞추고

겉도는 충동 욕구의 거친 심장 겨눈다

쉼 없이 반복되는 구관조 세뇌 학습

입력된 주소지로 배달된 박스 속에

완고한 지퍼로 갇힌 기획상품 삶이여

모니터 빠져나와 차려진 즉석 밥상

개봉된 봉지 인생 레인지에 데워지고

6개월 분할납부의 긴 하루가 저문다

각설탕

달콤한 유혹은 여기저기 엉켜 있다

내 몸에 달라붙어 떨어지지 않으려고

안간힘 버틴 하루가
눅진하게 녹는다

밍밍한 권태감에 지쳐가는 사람들
쓴맛을 달고 사는 소태 같은 질긴 삶을
못 견뎌 옹어리진 마음
안고서 살아간다

불안한 눈빛과 기댈 수 없는 기대감에

응축된 울음 속에 쏟아부은 시간들

무료한 오후의 적막을
건들건들 지난다

그럼에도 불구하고

조급한 단정만은 이제 그만 멈춰요

앞발이 건넨 자리 뒷발이 따라오듯

꽉 조인 숨통을 풀어 호흡을 늦춰요

때로는 가설이 진심보다 더한 세상

한 치의 예측 없이 전개되는 전망에

장밋빛 슬픈 영혼이 커튼을 내려요

쉼 없이 걸어온 길 간간이 돌아보며

안타까운 눈빛만은 어깨에 올려두고

등 뒤에 다가온 걸음 찬찬히 셀게요

키오스크

눈길이 맞닿은 곳 말없이 서 있는 너

나 홀로 내민 관심 등 뒤로 감추고

살짝이 눌린 취향에
마음 열어 보인다

모가 난 성격 쫓아 섣불리 다가서면
어렵게 고민하다 내미는 호기심에
화들짝 반응 보이는
차갑게 번진 미소

머무른 마디마디 잠겨진 눈을 뜨고

천천히 뒤따르는 안목 놓친 조바심에

느슨히 접힌 하루가
가라앉는 긴 오후

마지막 고백

시큼한 눈치 끝에 되살아난 입맛처럼

차곡차곡 눌러있는 눈물을 들춰내어

마지막 남은 고백을 전하려고 했었어

한 시절 멈췄다가 모습 바꿔 등장하듯

내 안에 숨겨둔 묵은 감정 끄집어내

촉촉이 젖은 눈빛을 기다리는 한나절

어딘가 숨어 있을 애써 지은 슬픈 표정

짓눌린 심정으로 다가선 아픔 되어

슴슴한 너의 취향을 느끼려고 했었어

꽃처럼 한 철을 사랑해 줄 건가요*

사랑도 계절 따라 피고 지는 꽃처럼

절정의 순간에 화들짝 놓아버리는

바라만 보아야 하는 슬픔이 있을까요

겹겹이 싸여 있는 이별의 뒷면에는

고혹한 눈빛 닮은 그리움이 남았는데

한 꺼풀 숨긴 흑막을 내려도 되는가요

점차 감정의 온기가 너에게 스며들어

한 철을 아름답게 피워낸 사랑처럼

애틋한 추억은 남아 다시 내게 올까요

* 심규선, 에피톤 프로젝트 노래 제목 인용

리듬 속에 그 춤을

산다는 건 한 번쯤 일탈을 꿈꾸는 일
털릴만한 속내는 모두 다 드러내고

부득불 내버릴 것은
속시원히 비우고

막막한 세상을 건너다 가로막혀
오가지 못하고 조연으로 떠돈 인생

이제는 주인공으로
자신만을 즐겨요

뜨거운 열정 앞에 앞다퉈 걸어온 길
몸속 어딘가에 숨 쉬는 음률을 깨워

신나게 나를 추어요
리듬 속에 그 춤을*

* 댄스가수 김완선 대표곡

미스터 셰프

예리한 칼날로 허기진 통점을 찾아

딱딱한 종잇장의 무디어진 여백에

식상한 패턴의 살점 의표를 찔렀다

권태로운 오후의 이마가 흘러내리고

육즙 같은 노을이 지친 삶 스며들 때

미슐랭 별점을 찾아 헤매 도는 사람들

혀가 추억하는 형상기억 더듬어

삐걱대는 골목길을 훔치다 나온 저녁

펼쳐진 레시피 너머 하루해가 저문다

헤드라인

자신을 돌올하게 드러낼 기대감에

견고한 고딕체로 지면 속 버텨 서서

한 몸에 시선을 받을 욕구로 넘쳤지

번번이 움켜쥘 장악력을 놓쳐버려

기울인 저자세로 속마음 내려놓고

자투리 여백을 찾아 떠돌았던 순간들

어떻게 지친 나를 당당히 표현할까

사실 조금은 두렵기도 한 설명 탓에

눈길 끈 화젯거리가 떠오르지 않는다

알람브라 궁전의 추억
—거기 그대로 누군가는 서 있고

한 템포 느린 격정 벽을 타고 흐른다

깊숙이 새겨 넣은 경전의 침묵처럼

뜨거운 숨결 가운데
펼쳐놓은 궁전의 방

끈질긴 집착으로 빈 마음을 세우고
전율로 흐르는 적막을 부여안고서
지나간 영욕의 세월
지탱하며 서 있다

붉은 성 아래 펼친 구원의 두루마리

멈춘 듯 이어지는 비켜 간 절규 앞에

은밀히 나눴던 사랑
성벽 끝에 저문다

고양이가 돌아오는 저녁*

고양이 한 마리 굽은 등을 펼친다

활대처럼 휘어진 배경 속 갇힌 어둠

막힌 숨 갈무리하며 긴 마루 건너온다

일상의 둥근 접시 곡면을 굴리면서

투명한 수정체로 세상을 응시하며

가벼운 허들 점프로 장애물을 넘었다

기대치 하루 분량 에너지 소비하고

예민한 촉각으로 버텨 낸 파일 덮고

저물녘 노을을 물고 빈집으로 돌아온다

*송찬호 시집 제목 인용

핑크뮬리

보랏빛 유혹이 바람에 나부낀다

누구도 거부 못 할 나만의 추억 한 컷

비워둔 공간 깊숙이
아프게 스며든다

언젠가 떠난 사람 남몰래 찾아와서
미세하게 떨리던 가냘픈 박동 소리
예리한 숨결에 베여
손끝에 묻어난다

사는 일 어딘가로 물들어 가는 것

메마른 가슴 한편 기울어 흐르다가

구도 밖 감동을 잃은
풍경이 되어간다

카페인 충전소

길 위의 충전소엔 활력이 넘친다

아침에 갓 내린 커피 향을 즐기며

몸속에 진한 혈류로 에너지를 얻는다

압착된 어둠 밖 익숙한 바깥 풍경

접속된 세상으로 타전을 흩뿌리며

방전된 하루를 열고 허기를 채운다

젖은 몸 뒤척이며 로스팅된 사람들

탁자 위 저무는 대화의 창 너머로

고단한 순례자의 삶 노트북에 갇힌다

삼겹살 랩소디

눌어붙어 타지 않는 슬픔이 있으랴

바사삭 구워지는 물컹한 삶의 비애

허기진 마음속 깊이
공허감을 삼킨다

생살로 깎여나간 선홍빛 무늬 따라
점점이 박혀있는 우울한 날의 고백
딱딱한 숨결이 엉켜
뜨거움에 녹는다

언제나 다가와서 머물다 가는 저녁

달구어진 불판 위로 올려진 노을 자락

편평히 드리운 어둠
온몸 펼쳐 눕는다

소파를 리폼하며

말없이 오랫동안 짓눌려 살았구나

팽팽한 탄력질의 근육은 빠져나가

맨살의 악어가죽만 악문 세월 보냈구나

세상을 떠받치던 중압감을 덜어내고

갈수록 탄성 잃어 꺼져가는 함몰 앞에

낮아져 주저앉은 생애 복원력을 키운다

무너진 척추뼈를 일으켜 세운 하루

비워낸 삶의 여백 충전재 불어넣어

공기압 빠진 일상을 부풀어 올린다

저문 날의 삽화

하루의 긴 그림자 목덜미 끌고 간다
환승으로 아픈 계단 오르내린 사람들
한 줄로 나란히 묶여 한강교를 건넌다
지하철 경로 따라 붙박인 삶의 노선
성냥갑 갇혀있는 사그라든 불씨 지펴
간절히 살아날 열망 가슴속에 품는다
반복된 쳇바퀴 속 행선지 놓쳐버려
창가에 아른거린 슬픈 표정 지우며
짓눌린 무게에 실려 허둥대는 발걸음
문득, 스쳐 지나온 기착지를 되돌아
이탈된 궤도 밖을 떠도는 유성처럼
저무는 강을 거슬러 집으로 돌아온다
도심지 공룡능선 서치 불빛 너머로
잠적된 어둠이 깨어나는 도시의 밤
네온에 물든 저녁이 황홀하게 피었다

추억은 늘 목마르다

방치된 유년의 뜰 비좁고 어둡지만
거칠고 눌린 속살 찬찬히 펼쳐 보면
그 속에 숨 쉬고 있는 결이 고운 눈빛들

간난에 그을린 구릿빛 자취들은
한 겹씩 허물 쓰고 뒤란에 버려져
치대는 반죽에 섞여 젖은 몸을 불린다

골방 어딘가 싸매져 익어가고 있을
눅눅한 벽장마다 숨겨진 모퉁이에
아직도 해면체로 살아 꿈틀대는 추억들

딱딱하게 굳어버린 기억의 편린들은
다가선 발자국을 애써 듣지 못하고
때 묻은 문설주 기대 삐걱대며 서있다

시의 본질을 응시하는
냉철한 시선

이달균(시인)

시의 본질을 응시하는 냉철한 시선
이달균(시인)

1. 불꽃 점화를 위해

이 시집『생의 후면을 걷도는 삽입곡처럼』은 박정수 시인의 처녀시집이다. 등단하자마자 갈급한 마음으로 시집을 내는 사람이 많다. 그런 세태에 비해 전혀 다른 길을 걸은 박 시인의 행보를 주목해 볼 필요가 있다.

1990년 중앙일보 신춘문예를 통해 등단했으니 햇수로 벌써 36년이 되었다. 근사한 새집이었다. 전기를 끌어다 놓고 콘센트를 설치하고 방과 마루를 밝힐 전구까지 달아놓은 채 주인은 어딘가로 가고 없다. 빈집은 오래 어두웠으며 스위치를 누를 누군가의 손길을 기다렸다.

소리치는 이와는 적당한 거리를 두었고, 소리 낮춘 이에겐 귀 기울여 내면의 소리를 들었다. 꽃 피고 지는 소리에도 은밀히 상통하면서 언젠가 손끝으로 짜릿하게 감전될 시간을 기다렸다. 스스로 섣부른 등단에 대한 미안함과 설익음에 대한 반성으로 한 몇 해 시가 찾아오기를 기다렸다. 그러다가 하루하루 내 앞에 놓인 삶의 반복으로 침묵이 길어졌다. 그 침묵은 차츰 시와 거리를 갖게 되었고, 높은 성벽과 해자로 가로막혀 있었다. 이별은 아니었지만, 식어버린 사랑을 다시 시작할 계기는 찾아오지 않았다.

그는 마산시와 통합 창원시에서 공직생활을 하는 동안 축제를 기획하고 성공시키며 지역 관광산업을 발전시키는 데 탁월한 능력을 발휘했다. 필자는 그런 에너지를 눈여겨보았다. 시조에 대한 애정, 시조의 창을 통해 세상을 보는 법 등 많은 대화를 나누었고, 공감대를 형성해 나갔다. 그가 걸어온 생의 후면은 어두웠으나 점등의 시간을 만나면서 새로운 생으로 거듭날 수 있으리란 생각에 이르렀다.

2. 점등의 시간

봉지 속 외로움이 한소끔 끓고 있다

따라온 저녁놀이 온열로 데워지고

부푸는 절망 사이로 암실 벽이 닫힌다

딱딱하게 굳은 표정 불빛에 녹이면

금세 풀어져 되살아난 허기진 삶

한 끼의 늦은 밥상이 식탁 위 차려진다

차갑게 식은 감정 숨긴 채 떠돈 하루

누군가 비워둔 시간대를 걸어 나와

두꺼운 질긴 일상을 나이프로 썰고 있다
　　　　—「전자레인지 속 데워지는 저녁」전문

　이 시는 저간의 상황을 그려낸 시로 보인다. 시선은
시의 핵을 중심으로 동심원을 그리며 떠돌았다. 맥박은
빨랐으나 걸음은 느렸다. 화해와 불화를 거듭하면서 숯
처럼 결을 고르며 불꽃의 점화를 기다렸다. 그렇게 심

124

혈 깊은 곳에서 발아한 씨앗은 순이 돋았고, 어느 날 개화의 새벽을 맞았다. 오래 어두웠던 집은 혈맥을 타고 흐른 전기로 인해 밝아졌다. 차츰 따뜻해 왔다. 자신을 향한 차가운 응시와 사시적 눈빛을 저만치 밀어내고 정면에서 누군가를 사랑할 온기를 얻었다. 점화된 불꽃은 원고지로 옮아왔고, 마침내 시인으로 거듭났다. 여기까지가 막 오르기 전 박정수 시인의 시력에 관한 짧은 서술이다. 이제 무대엔 불이 켜졌다.

퇴직 후, 그동안 묵혀둔 빈집의 스위치를 누르고는 책상 앞에 앉았다. 어느 해 봄엔 스무 편의 시를 썼다고 하고, 또 그 가을엔 서른 편이 넘는 시를 썼다고 했다. 불과 몇 넌 사이에 수백 편의 시조와 시를 썼다. 처음엔 시조적 가락에 약간 힘겨워했다. 시조에 체화되기 이전에 느끼는 매우 당연한 불협화음이었다. 필자는 그런 과정 없이 스스로 곧바로 시조에 닿았다는 사람을 잘 믿지 않는다. 구와 구, 장과 장을 맺고 연결하는 지난한 길 앞에서 머뭇거려 본 적 없는 사람은 결코 좋은 시조를 쓸 수 없다. 그 길에서 헤매어 본 사람만이 그런 경험을 소중히 생각하기 때문이다. 애써 외면했던 절차탁마의 과정도 이젠 자연스럽게 받아들이는 그를 보면서 한국 시조단에 또 한 사람의 동지가 생겼다는 믿음을 갖게 되었다.

3. 생의 후면을 지나면서

박정수 시인은 평소 현대시조가 추구하는 시적 지향에 대해 나름의 관점을 피력한 바 있다. 시인이 몰입하는 세계는 눈에 보이는 단순한 서경적 구조가 아닌, 삶을 관조하는 사물적 시선과 관심이다. 서경적 대상을 소재로 하되 그 너머의 비판적 거름 장치를 통과하지 못하면 일차원적 시에 머물고 만다. 시적 진실에 접근하기 위해서는 스펙트럼을 넓히는 한편 복합적 시각을 가져야 한다. 이는 냉철한 사물주의자로의 입장을 견지하려는 약속이며 구체성 획득을 위한 시인의 규범이다. 다시 말해서 현대시조의 체계 속에 진입하기 위해서는 이런 화학적 변화를 체험해야 한다는 자신만의 시론으로 이해할 수 있다.

눈물을 빈 봉지로 받고 섰는 나무들

옆구리 구멍 뚫린 팍팍한 틈새로

농축된 사골뼈 우린 울음들이 나온다

봄물이 들기 전에 머금었던 울분을

통증을 참아가며 쏟아내는 수술실

링거 줄 온몸에 감고 현기증을 참는다

하루하루 피 말리는 속도전 연명하며

선 채로 정량을 뽑아내는 저 냉혈한

온종일 탈진한 모습 하늘마저 노랗다
　　　　　　　　―「고로쇠 눈물」 전문

　이 작품은 대상에 다가가는 시인의 자세를 극명히 보여준다. 수액을 눈물로, 자연을 차가운 수술실로, 단 며칠간의 채취 기간을 속도전으로 치환시킨 것은 대상을 피상적으로 느끼지 않는 진정성이 전제되었기 때문이다.
　여기서 더욱 주목해야 할 것은 상황을 반대편에서 읽는 시인의 눈이다. 이곳이 병원이라면 사람이 나무에게 링거를 주입해야 하는데, 이 시는 거꾸로 나무가 사람에게 링거를 놓고 있다. 그로 인해 인간 욕망의 잔혹함을 부각시키는 시적 효과를 가져온다. 역설적으로 자연의 고귀함과 공존의 중요성을 말해준다.

나무의 눈물은 곧 시인의 눈물이다. 이 메스로 도려낸 결정은 애정 없이는 불가능하다. 이런 발견이야말로 명징하면서도 따뜻한 시인의 관점이다. 잎도 버린 채 한겨울을 버틴 나무의 옆구리에 구멍을 뚫어 '농축된 사골뼈 우린' 골수를 받아먹는 행위는 일상에선 익숙함이지만, 그 익숙함을 시로 건져 올린 힘은 냉철함에 있다.

이 시는 형식 측면에서도 완성도가 높다. 우선 세 수 전체를 분석적으로 읽어보자. 첫째 수는 식물을 동물성으로 치환시켜 인간 욕망을 구체화 시킨다. 둘째 수에선 나무와의 감정 이입을 통해 링거 줄에 감긴 채 현기증을 겪는 저간의 사연을 말하고, 셋째 수에선 정량을 뽑혀 빈혈의 몽롱한 봄을 맞는 나무의 현실을 실감 나게 보여준다. 이렇게 나무와 사람과의 관계를 시시각각 시간성의 변화를 그려내면서 각각 독립된 한수 한수로 구성한다. 또한, 구와 구를 형성하는 운율의 결도 자연스럽고, 장은 장대로 갖춰야 할 내용과 뼈대를 알맞게 구성하여 시조 형식을 제대로 체득하고 있음을 보여준다.

정작 그 사람은 사진 속에 없었다

들여다본 피사체에 붐비는 타인들

오로지 단 한 장뿐인 추억에 매달린다

입가에 단정하게 걸리는 함박웃음

마음 깊이 각인될 천금 같은 서약을

한순간 셔터를 눌러 봉인하여 가둔다

흐릿한 세상 밖에 꽃으로 앉은 영정

환하게 웃고 있는 마지막 그 미소가

다시는 볼 수가 없는 배경으로 남았다
                    —「아웃포커스」 전문

　이 시를 제대로 이해하려면 약간의 설명이 필요하겠
다. 신신예식장은 마산에 있는 예식장으로 55년 동안 1

만 5천 쌍에게 무료 결혼식을 올려주어 나눔의 가치를 실천한 특별한 공간이다. 주인은 경제적 사정으로 결혼을 올리지 못한 부부에게 웨딩드레스와 양복, 사진 촬영, 식장 등을 무료로 대여해 준 미담의 주인공이다. 사람들은 그날의 기억을 위해 함빡 웃고 있다. 그들의 서약은 그 사진 속 미소 속에 봉인되어 있다. 어떤 미래가 오더라도 그 순간의 맹약만은 영원히 아름답다.

하지만 오늘 그의 사진은 웃음기 없는 쓸쓸한 모습이다. 수많은 기념사진을 찍어주었지만 정작 자신은 영결식장을 장식한 영정사진 한 장으로 남았을 뿐이다. 만약 신신예식장을 소재로 선택하면서 미담에 관한 얘기들만 나열했다면 이 시는 신문기사처럼 단순한 사실을 전하는 시로 전락했을 것이다. 그러나 영정사진 하나를 조명하면서 또 하나의 생명을 가진 시로 탄생하였다.

이것이 바로 그가 냉철한 사물주의자의 관점을 버리지 않는 이유다. 감정을 절제하고 본질에 다가가고자 하는 흔적이 그것이다. 거울의 전면과 후면을 동시에 보여주면서 축복과 비애는 손바닥의 안과 밖임을 느껴보라는 메시지를 담고 있다. 신신예식장의 미담 뒤에 숨은 애환을 시인은 놓치지 않으려 했다. 축복의 결혼사진과 영정사진의 대비로 인해 어쩔 수 없는 운명의

뒤안길을 얘기한다. 그런 모순을 포착한 시인의 눈은
뜨겁고도 매섭다.

4. 시장기로 떠돌던 날의 고백

DJ박스 안에는 먼 파도가 굽이쳤다
지겹도록 들었던 폴 앵카의 아버지는
어느새 나이가 들어 요양원에 갔했다

수시로 음반 위를 긁어대던 잔소리는
변성기를 지나면서 점차로 굵어졌고
끝내는 소리를 잃은 앵무새가 되었다

사람들은 ㄲ적ㄲ적 뒤통수를 긁어대며
지나간 추억들을 소환하려 애썼지만
굴곡진 삶의 바닥을 벗어나지 못했다

기억을 되돌리려 필사적으로 버틴 날
트랙을 뛰어넘던 격정마저 무너지고
그 시절 뭍으로 오른 파도는 없었다
—「통영랩소디 1」전문

시인에게 고향은 어떤 곳일까? 2부를 장식한 통영랩
소디 연작시 스물두 편은 그런 편린들의 기록이다. 유
년기와 성장기를 지나면서 고향은 즐거운 추억만 있을
수는 없으리라. 누군 돌아가 그 풍경에 풍덩 빠져 오래
교감하고 싶기도 하고, 또 다른 누군 잘라낼 수는 없는
태생적 한계를 인정하지만, 들춰내고 싶지 않은 무엇으
로 기억되기도 한다. 통영을 고향으로 둔 예인들에게
이 도시는 특별하다. 박경리는 고향을 떠난 후 수십 년
동안 찾아오지 않다가 영면이 가까웠을 무렵 찾아왔고,
윤이상은 끝내 이곳에 돌아오지 못하고 타국에서 안장
되었다가 나중 후대에 의해 이곳에 묻혔다.

　박정수 시인과 비슷한 시기를 산 사람들에게 음악다
방은 성인식에 버금가는 통과의례의 장소다. 극동다방
은 통영에선 꽤 유명한 음악다방이었나 보다. 이곳에서
지구촌 저편 미국 팝가수 이름과 생애를 생각했다. 발
끝 까닥이며 폴 앵카의〈다이아나(Diana)〉를 듣다가 촌스
러운 사랑에 빠지기도 하고, 기약 없는 미래를 꿈꾸기
도 했다. 아무리 앞으로 나아가려 발버둥 쳐도 심하게
긁힌 LP판처럼 삶은 도돌이표를 찍을 뿐이었다. 그렇게
그의 파도는 포말이 되어 허무하게 사라졌다. 난 지금
어디에 서 있나? 나를 기억하는 친구들은 또 어디서 무

엇을 하고 있나? 어쩌면 그들도 내가 마주친 세월의 벽 앞에서 그저 멍하니 오늘을 바라보고 있지 않을까. "지나간 추억들을 소환하려 애썼지만/굴곡진 삶의 바닥을 벗어나지 못했다"는 자조 섞인 말들을 하며.

고향을 떠나는 날 굿은비 쏟아졌다

그리운 고향 집이 기억에서 멀어지고

궁핍한 세간살이가 등 뒤에 덜컹거렸다

그 옛날 동호항을 돌아가던 연락선처럼

안갯속 갇혀버린 등대 같은 절망 두고

오 형제 혈점 같은 섬 버리고 돌아섰다

가난한 여백마다 섬섬옥수 펼친 사랑

허접한 이부자리 찔레꽃을 피웠더니

아프게 밟아댄 발판 흰 발목이 시리다

가시에 찔려가며 일궈낸 삶의 불꽃

비어낸 터전마다 생명수 불길 되어

아득한 봄날 속으로 흩날리던 꽃잎들

어머니 다섯 형제 사방으로 흩어놓고

허망한 바람결 풍장으로 뿌려질 때

산등성 울컥 쏟아낸 붉은 노을 서럽다

—「통영랩소디 9」 전문

박정수 시인과는 가끔 만나는 사이지만 그의 한 시절을 제대로 들은 적은 없다. 하긴, 이 시 한 편이면 대충 짐작되기에 굳이 물을 필요는 없겠다. 시에서도 딱히 무슨 이유인지 말하지 않는다. 그저 '오 형제 혈점 같은 섬 버리고' 떠나는 날, 하필이면 '궂은비 쏟아'졌고, '허망한 바람결 풍장으로 뿌려질 때'였으니 고향과의 작별은 부푼 미래를 향한 여정은 아니었을 것이다. 찔레꽃은 사연 있는 사람에겐 처연한 꽃이다. 다섯 형제의 탈 고향 시점에 다섯 개의 잎을 가진 꽃이 진다면 그 느낌은 짐작할 만하다. 그렇게 떠나온 후, 고향집은 멀어졌고, 유년의 기억은 '안갯속 갇혀버린 등대 같은 절망'이 되고 말았다.

이 글에서 위 작품을 인용한 이유는 돌이킬 수 없는 절망의 시간을 소리 내어 울기보다 '붉은 노을' 속에 감춰두고 있기 때문이다. 손끝에 잡힐 듯 세세한 기억들은 3장 6구 속에 알맞게 갈무리되어 있다. 이런 술회들은 자칫 스스로 영탄에 빠져 감정 제어를 못 하는 경우가 있다. 하지만 박 시인은 출렁이는 결을 다독이면서 숨결을 고른다. 숙련된 운전자가 모는 차가 편하듯 이 시편들은 독자를 편하게 한다. 현대시조는 '현대적'이란 말에 경도되어 시조의 경계를 벗어나는 경우가 종종

있다. 그러나 이 작품은 현대적이면서도 시조의 형식을
제대로 갖추고 있다.

　'통영랩소디' 연작은 그 애틋하고 아련함에 대한 기
록이다. 비애로 물들어 있지만 눈물로 답하지 않는다.
손수건에 살짝 물기가 묻어있는 정도라고나 할까. 이런
구성이 이 시집의 무게를 더해준다.

5. 도회적 서정

환생한 주연으로 스크린 넘나든다

삐걱대는 침대에 고된 일상 눕히다가

갑자기 중압감에 놀라

상대방을 노려본다

내 몸을 누른 것은 대역이 아니었다

어둠의 체중이 이처럼 무거울 줄이야

몽환 속 빠져든 장면

어슴푸레 깨어난다

꿈속을 헤매다 돌아온 현실은 차갑다

빙의로 즐거움을 누리다 나온 극장가

클릭된 화면 밖으로
빈 바람이 스친다
　　　　　　—「심야 영화관」 전문

　이 시는 대상과의 거리를 갖고 싶었으나 자꾸 겹쳐지고 마는 시대의 자화상에 포커스를 맞춘다. 시인의 경험이 곧 독자의 경험으로 옮겨오는 이유는 현실이란 일치된 선상에 있기 때문이다. 의식과 무의식의 경계는 타의에 의해 허물어지는 것이 아니라 자신의 내적 갈등을 극복하지 못할 때 온다. 현대인은 누구나 그런 모순 속에 살고 있다. 이는 거부할 수 없는 어떤 것, 시인은 이런 치유할 수 없는 원초적 질병을 앓는 존재들이다.

　심야 영화관은 에로틱과 허무를 동시에 간직한 공간이다. 늦은 밤 비몽사몽 영화를 보다 보면 내가 주인공인지 주인공이 나인지 헷갈릴 때가 있다. 그래서 '환생한 주연으로 스크린 넘나드는' 착각에 사로잡힌다. 낡은 의자는 삐걱대는 침대처럼 불편하다. 그 에로틱함은

불현듯 허무에 사로잡힐 줄 알면서도 나를 제어하지 않고 몸을 맡긴다. 몸은 자꾸 무거워져 온다. 고단한 하루를 이곳에서 마감하다니.

배우와 나의 몸이 바뀌었나 했지만, 정신을 차려보니 착각이 아니라 그가 바로 나였다. 영상 속에서 신음하는 그가 곧 나였다니. 어쩌면 그의 배역을 현실에서 내가 하고 있다. 그런 자각은 힘겹다. 차라리 이 순간이 영화였으면 좋겠다. 공기는 시인을 누르고 시인은 저항하지만 이겨 낼 힘이 없다. 대상과 자꾸 겹쳐지는 빙의의 시간이 역설적으로 자유로웠는데 극장 문을 열고 나오자 마주친 것은 차가운 바람이었다. 하루 노동의 피곤한 몸을 '어둠의 체중'으로, 영화에서 빠져나온 순산을 '클릭된 화면'으로 표현한 것도 신선하다.

오늘도 냉엄한 사각의 링에 오른다
가벼운 몸풀기로 전력을 더듬다가
노출된 가십거리를 들춰보는 라운드

구석진 코너에 웅크린 또 다른 나
일으켜 바로 세워 제자리 돌려보내며
미결된 서류에 쌓여 전반부를 잃는다

새롭게 발주되어 던져진 도전장을

잽으로 요리조리 펼치는 탐색전에

반나절 휘청거리다 로프에 기댄 몸

후반부 들어가며 지쳐가는 체력전

홀딩으로 껴안고 맷집으로 버티다

어퍼컷 한 방에 걸려 녹아웃된 하루

———「녹아웃」 전문

이 작품 역시 시적 자아와의 일정한 거리 두기를 통해 객관화에 주력한다. 시인과 '구석진 코너에 웅크린 또 다른 나'는 한 몸이면서 다른 존재다. 이런 영혼의 분리를 통해 현재의 자신을 구체적으로 드러낸다. 주먹을 주고받는 복서와 링 밖에 앉은 관람자와의 거리는 팽팽한 긴장감을 유도한다.

시인에게 오늘 하루는 어떠했는가? 치열한 경쟁시대, 현대인의 하루는 '냉엄한 사각의 링'이다. 컴퓨터를 켜고 가볍게 '노출된 가십거리'를 보다가 어제의 피로에 지친 나를 닮은 또 다른 나는 '미결된 서류'의 해결을 위해 오전을 앓는다. 샐러리맨의 하루는 늘 도전과 응전의 연속이다. 출근하면 언제나 새로운 도전자와 맞닥뜨린다. 오늘 생성된 발주서류와의 탐색전, 그리곤 본격적인 대응, 맷집에 자신 있다고 하나 도전자의 펀치는 늘 만만찮다. 오후는 예상하듯 체력전이다. 힘에 겨워 홀딩과 카페인을 주입하며 버텨보지만, 결국엔 '어퍼컷 한 방에 걸려/녹아웃'되고 만다.

이 시에는 "나는 이러저러하다"는 식의 서술은 없다. 링 위에서 12회전을 뛰는 복서의 하루를 보여줄 뿐이다. 이것이 바로 서정적 물경이 아닌, 삶을 관조하는 사물적 시선을 끝까지 견지하려는 시인의 노력이 엿보이는 장면이다. 음풍농월하고 자연 찬미적인 서정이 있는 반면에 메마르고 고단한 회색빛 서정도 있다. 박정수 시인은 이런 도회적이고 현대적 서정에 놀입한 시들이 많다. 대충 일별해 봐도 이 시를 비롯하여 「AI 시대」, 「홈쇼핑 사냥법」, 「마네킹」, 「현대시 작법」, 「해시태그」, 「나를 클릭하다」 등등 여러 시편이 있다.

6. 허무와 절망에 관한 보고서

그는 왜 무표정을 감추려고 했을까
한쪽 잘린 귀로는 수습하지 못한 말
마지막 꿰맞춰야 할 뒤 문장이 남았을까

귀는 수용의 편이고 해석의 영역도 아닌데

허투루 흘려보낸 피치 못할 낌새라도

더듬어 헤쳐보려고 안간힘을 썼을까

단 한 번 붓놀림에 채워지지 않는 여백

언제나 무거운 덧칠로 다가오던 중압감

부릅뜬 허공을 향한 눈동자가 굳었다

심장을 굽이치며 뜨거웠던 밀밭에는

귀 기울여 듣지 못한 지저귐도 남았는데

그는 왜 들뜬 광기를 느끼려고 했을까

—「자화상」 전문

    고흐만큼 시의 대상이 많이 된 화가가 있을까. 그만
큼 시인에게 문학적 영감을 많이 주었기 때문이리라.
사후의 성취에 비해 생애는 비극적이었다. 동시대를 살
다간 동료에게서 버림받고 나중에는 자신에게마저 버
림받았으니 비운의 화가란 말은 그를 위한 수식어이기
도 하겠다.

    어떤 대상을 연작으로 쓸 때 유의해야 할 점은 자칫

일대기에 그칠 우려가 있다는 것이다. 이의 극복을 위해서는 화가의 입장에서 갈등하고 공감하는 과정을 거쳐야 한다. 고흐는 17점의 자화상을 남겼다. 이 시인이 17편의 고흐 연작을 쓴 것도 이와 무관치 않아 보인다. 그는 왜 자화상에 집착했을까. 그때그때 채색 기법을 시도하기 위해서는 자화상보다 알맞은 소재가 없었기 때문이란 설이 있다.

그렇다면 박정수 시인은 왜 고흐를 소재로 이만한 작품을 썼을까. 어쩌면 고흐와의 동일시를 통해 자신의 자화상을 그린 것이 아닐까. 인용한 작품의 '마지막 꿰맞춰야 할 뒤 문장'이며 '귀는 수용의 편이고 해석의 영역'이란 표현이 그렇다. 또한, 5번 「감자 먹는 사람들」에서의 한 구절 '누굴 위한 또 하나의 우울한 배경인가'는 감자 먹는 사람들을 통해 우울한 혼밥을 하는 자신을 그려보고, 9번의 '상실은 다시 태어나는 신생의 아픔'을 통해 다시 태어나고 싶은 욕구를 갈망한 것이란 생각이 든다. 화가는 색으로 말하고 시인은 언어로 말한다. 그 빛깔을 통해 형상화한 모습은 곧 언어로 쓴 시인의 자화상이다.

국수가 삶이 되던 시절이 있었다
허기진 둑방길에 하얗게 건조되어
궁핍한 가계 속으로 출렁이던 힘살들

말라버린 눈물샘 간간하게 적시며
무너진 바람벽 틈새로 스며들어
낮은 곳 시린 바닥을 얼비추던 얼룩들

연약한 뼈대로 구부러진 탄성들이
기울어 가는 가세를 똑바로 세우고
일평생 버팀목 될 줄 까마득히 몰랐다

삶이란, 잔치국수 고명처럼 얹어지는 것
구겨진 골목길에 은빛 햇살 뿌려지던
국숫집 면발 빛나는 권태로운 오후에
　　　　　　　—「구포국수에 관한 명상」 전문

　　박정수 시인의 시 가운데서 서경적 묘사가 가장 뛰어
난 작품이다. 국수를 통해 찾아가는 6~70년대는 흑백
사진처럼 다가온다. 이보다 국수의 역사성과 사회성을
잘 그려내고 있다. 국수는 지금도 흔히 존재하는 음식

이지만, 이 시에선 요즘의 것이 아닌, 배고픈 시절 우리를 구원한 대표적 구황식품으로 조명한다. 지난 연대의 이야기지만 국수에 관한 추억들은 누구나 있을 것이다. 지금이야 한 끼 대용의 식사 중 하나지만 예전엔 쌀이 귀해 먹었던 음식이 아니었던가. 빨랫줄에 광목 빨래처럼 펄럭이던 국수 공장 광경이 눈에 선하다.

첫 구절 '국수가 삶이 되던'을 '국수를 삶던'으로 읽었다. 의도했는지는 모르지만 이렇게 읽히는 것도 나름 재미있다. 세 번째 수는 직립한 국수의 힘을 잘 보여준다. "연약한 뼈대로 구부러진 탄성들이/기울어 가는 가세를 똑바로 세우고/일평생 버팀목 될 줄/까마득히 몰랐다"

연약한 가늘기로 바람에 부러질 듯하나 한 가닥이 옆 가닥에 의지하여 버팅긴 그 힘은 한 식구의 가세를 똑바로 세우는 버팀목이 되었다. 그렇다. "삶이란, 잔치국수 고명처럼 얹어지는 것"이다. 집집마다 형편대로 얹혀지는 고명은 다르다. 그 고명의 질에 따라 미래가 결정된다고 해도 과언 아니었다. 영양가의 차등이 심한 시절이었으니까. 비록 햇살에 바래진 골목은 구겨졌으나 우린 그런 기억을 안고 지금까지 살아왔다. 시인은 오랜 기억의 앨범 속에 있는 대상을 끄집어내어 그 시

절에 이어진 오늘을 보여준다. 이것이 바로 과거를 들
추어내어 현재에 이르게 하는 것, 즉 시의 존재 이유임
을 곡진히 말해준다.

7. 생의 트랙을 일탈한 대리 인생

허무한 대리 인생 무반주로 떠돌며

한 번도 자신 위한 위로의 말도 없이

나만의 착각에 빠져 타인으로 살았다

내버려 둘 수 없는 독무대 뒤편에서

누군가 연출했던 어두운 배경음악

아무런 감흥도 없이 울먹이며 섞였다

언제나 트랙 속을 덜컹거린 맨발의 삶

젖은 몸 뒤척이며 왔던 길 돌아간다

굴곡진 후면을 따라 걷도는 삽입곡처럼

—「생의 후면을 걷도는 삽입곡처럼」 전문

시집의 표제작인 이 작품은 전체 100수를 관통하는
주제를 안고 있다. 질곡의 시대를 사는 현대인의 허무
와 절망에 관한 보고서처럼 읽힌다. 예전 박정수 시인
과 즐겨 찾은 LP카페가 있었다. 그 찻집은 이제 문을 닫
았고 주인은 어디론가 떠났다. 낡은 바늘은 가끔 트랙
을 일탈한다. 모자란 이들의 생은 그런 것이다. 애초에
가고자 했던 곳으로 가지 못한 사람들이 시를 쓰고 읽
는다. 그 덜컹대던 음악은 우리 맨발의 삶처럼 신산했
으나 오래 머물고 싶은 시간이었다.

시인은 묻는다. 어쩌면 난 자아를 잃고 '대리 인생'으
로 살고 있지는 않은가. 타인이 쌓은 탑을 들여다보며,
타인이 정의한 셈법에 따라 걷고 있는 풍경화는 혼자만
의 것일까. 디지털 시대에 아날로그 감성으로 사는 것
은 고되다. 그런 '굴곡진 후면'을 건디는 일은 '걷도는 삽
입곡'처럼 쓸쓸하다. 혹자는 시에서 희망을 보여주기를
원한다. 벼랑에서 평야로 나와 평화의 꽃을 피워주기를
소망하기도 한다. 하지만 시는 축제에서 비롯되었다기

보다 비애의 품에서 자란 산물이 아닌가. 그런 의미에서 보면 이 시는 시의 본질을 충실히 따라간 작품이다.

8. 개념의 다각화를 향해 가는 출발점에서

박정수의 시편에선 깊은 페이소스를 느낄 수 있다. 다행한 것은 독자를 배제한 채 혼자 몰입한 서정이 아니란 점이다. 주관적으로 해석하고 강요하는 것은 시조단의 오랜 습관이기도 하다. 그것은 좋은 게 좋다는 식의 동류의식이 키워낸 결과이기에 그 견고함을 탈출하기란 쉽지 않다. 농울 치는 서정을 다 소화 시키기엔 시의 인플레이션 시대엔 위장이 부담스럽다. 개념의 다각화는 그런 토양으로부터 탈피하기 위한 첫걸음이다. 이 시집은 조용히 사물을 응시하면서 그려낸 시들의 집적물이기에 편하게 다가온다.

'시인의 말'에 주목해 본다. 시에 불꽃 점화한 어느 저녁 무렵이었나 보다. 깨어보니 디지털 괴물들이 세상을 지배하고 있었다. 오래 묵혀둔 것을 다시 시작하기 위해서는 스스로 몰락하지 않으면 안 된다. 이제 즐거운 폐허에 경배할 일만 남았다. 그곳에 가기 위해서는 노아의 배에 올라야 한다. 그렇다면 시인이 희원한 곳은 어디인가. 흰 지팡이를 들고 방주에 홀로 선 사람은 구원자일까, 구원을 염원하는 자신일까. 그 질문에 대한 해답은 시인만이 알 것이다.

박정수 시인의 두 번째 시집을 기다린다.